藤が丘から

墨彩画と俳句と

山内美代子
Yamauchi Miyoko

東京四季出版

序にかえて

岩淵喜代子

ワンタッチ日傘開きぬ山の駅

躊躇いもなく素早く開くワンタッチ傘は、布の張りつめる音も、ことさら山の駅では響いただろう。ただそれだけの風景であるが、これからドラマが始まりそうな印象的なシーンである。

私には、冒頭の句は山内美代子さんそのものに思えるのである。彼女はまるで屈折など持たないかのごとく真正面から物事を見詰め、人に向き合う質なのである。その率直さに好感を持つのは、私ひとりではないだろう。

初花の混み合ふところうすみどり

もちろん、ワンタッチ日傘とは違う深遠な句も作れる作家である。当時、所属していた「貂」の指導者川崎展宏氏は、良い作品が出来ると自分が作ったかのように喜び騒ぐのだった。この句のときも、投稿されてきた句に興奮していた。自分の鑑賞を作者である山内さんに確かめ、さらにわたしにも電話してきたのである。

山内美代子さんと私は「鹿火屋」に入会したのが同時期で、原先生を囲む吟行の旅も一緒だった。その後、『菜の花は移植できるか』の著書を持つ佐藤和夫氏から「貂」への入会を促されたときも、二人で参加した。そうして、ほぼ四十年ほどの月日を過ごしてきた。

昭和四年生れの彼女は今年八十五歳。一度はいまさら本など作っても、と思ったこともあったようだ。私もそれもそうだな、とあえて勧めることもしなかった。ところが五月に鳩居堂で墨彩画の展覧会を開催することを思い立った途端に、本も作りたくなったようだ。行動を起こすと、細胞が活気づいて志向も行動的になるのだろう。その活気が山内美代子さんの魂と繋がって、この一冊に纏まった。

平成二十七年七月七日

南瓜

藤が丘から　墨彩画と俳句と――目次

カバー絵――「百菜開放図」　扉絵――「鎖橋」　装丁――髙林昭太

葡萄

藤が丘から

墨彩画と俳句と

山内美代子

朴舟逍遥

——墨彩画Ⅰ

階段路地の洗濯物

トレドの土産物屋

茂る鉢植えの花

中庭（スペイン）

窓辺の花

ナポリの風

昔、昔、左記の風景ありました
縁台将棋河童図
余裕綽綽
勝ち河童
沈思黙考
負け河童
傍《オカ》目八目、
御喋り
河童
夏の夜の路地は賑わってました
うちわ
アアデモナイ
コウデモナイ
みかん箱

河童
夕涼図

河童百態図より

河童紙芝居の図
黄金バットの運命や如何に
昔昔紙芝居の黄金バットは
子供達にとって憧れのヒーローでした

河童綱引図

そのせつは
ありがとうございました
素晴らしい
山葡萄を見せて
いただき、
感動いたしました
葉の色が赤、黄、
緑と陽光に輝いて
山形の旅に豊かな彩り
を添えてくれました。

しばらくで
ございます
あくぬきの
水を樽へは
春惜しむ
蕗の季節
近所の
八百屋さんで
大きな釜で
あくぬきを
して
いました

百菜開放図

握り
ほどの
集落
いわし雲
稲刈や
迷子を
告げる
広報車
またの雨会を
楽しみにしております
山舟

山形の旅より

の香り
ひろがる
路地の奥
ぼんかん
針千本
飲ます
指切り
路地の夏
初夏
銀座鳩居堂で
お逢いしましょう
山舟

紫陽花

あじさいの咲く季節になると、俳句の初学のころを思いだす。

墨絵仲間の一人が、あじさいの花を描いて教室へ持ってきた。その絵は、画面全体に、細い線で雨が描いてある。先生は「雨を線で表現すると説明になるから、線を描かずに雨の雰囲気を出し、季節感を忘れないように」と言いながら描いて見せてくださった。葉の部分に、墨の濃淡でぼかしやにじみをほどこす。藍、紫、臙脂などの色を使ったあじさいの花に、濃淡の墨や水を自然な形でにじみこませてゆく。やがて、梅雨どきの茫々としたあじさいの花が、素早い運筆のもとに描き上る。絵になったあじさいのみずみずしい色に季節感を感じた。このとき俳句を習ってみようと思い立った。

俳句のことは全く知らなかったが、子供の頃から一茶の句などを通して親しみを持っていたので、なんのためらいもなく、一冊の歳時記を買いこんで、新聞広告による俳句教室に通い始めた。

俳句を始めてから、季節の風物に対する観察の違ってきたのには、自分でも驚いた。花が咲いたから春だなと感じ、紅葉したから秋だな、と思っていたころとは雲泥の差である。絵筆を持って、花を描こうとするとき、季節を表現したい。眼に見えない風を描きたい。線でない雨を描きたい。あれもこれもと感情移入を試みるようになったのは俳句のおかげだ。

二年ほどは、まったくの手さぐりで、見よう見真似で、おぼつかない句作を重ねた。ところが、作るそばから直されるばかりで少しも上達しない。一緒に入門した人達はたちまち上手になり、あとから入門した人達もすぐにうまくなる。落ちこぼれだ。墨絵ならば、同じものを五、六十枚も練習を重ねれば、一枚目と六十枚目との差を自分の眼で確かめることができる。俳句に寄せていた親しみ、始めたときの新鮮な喜びは消え失せて、俳句のむずかしさ、怖さを思い知った。

ある日、俳句教室の幹事さんから電話があった。教室を休んでばかりいるので心配してくれたのだ。「貴女は墨絵をやっているのでしょう。好きなことを通して物をよく見なさい。」その言葉に眼が醒めた。改めて身の周りを見回せば、描き散らした和紙だの、皿絵具だの、筆洗、文鎮、竹筒の中の沢山の筆、どれもこれも愛着のある物ばかりだ。窪みのできた硯、斜めに摩り減った墨など。

外に眼をやれば、細い雨がまっすぐに降りこんで、湖のような深い色を湛えているあじさい……

あぢさゐの雨や真つ直ぐ墨磨らむ

あじさいの美しさに触発されて、素直に生まれた句であった。この句を、さる大会に出句して、
二人の先生の特選に入ったときの嬉しかったこと……

この一句が、できなかったら、俳句は不可解なものとして恐れをなし、やめてしまったと思う。

あじさいの絵から俳句に入り、あじさいの句により俳句を続けることができた。

その花が咲くころになると、また、なにかおきないかなと、考える。

紫陽花

白木蓮

シンビジウム

裸婦

鶏頭花

中国蘇州虎丘の斜塔

雨上り

お参り

古民家

船溜り

冬日差し

萬里横行

筍

メロン

北山杉

「貂の集い」二日目が、高雄、高山寺と聞いたときから、その近くにある北山杉に期待をよせていた。東山魁夷が、その杉をモチーフに何点も作品化している。画家の心をひきつける「なにか」があるのではなかろうか。夏から秋へと移り変る季節に、その土地へ訪れるきっかけのできたことが嬉しかった。

さて八月十七日、晴れ上って残暑がきびしい（予定では、高雄、高山寺（昼食、句会）ついで念仏寺、京都駅解散となっている）。総勢二十三名。朝食を早めにして、八時には旅館楠荘を出発する。

冷房のきいたサロン風のバスに、美人ガイドさんの京都弁が楽しい。白木槿が盛りの市内をぬけて、一路、高雄へと向かう。

バスは山間をぬうように登ってゆく。清滝川の渓谷が深くなり、両側から山が迫ってくる。抜けるような青空だ。大佛次郎の文章が頭にうかんだ。「北山丸太にする杉の植林が、層雲のように青い梢を重ねた。」東山魁夷は、その文章のように北山杉を描いて「青い峡《はざま》」と題した。

また、北山は雨の量の多いところで、銘木の育つ一つの要因になっているという。杉は、床柱のみがき丸太にするために、ごく上の方まで丁寧に枝打ちしてある。林立する幹の直線の上に、残された葉が三角錐の形で層を成して連なっている。

ところが、北山杉に目をこらして驚いた。総体的に暗青色というか、黒っぽい。層を成している梢が褪せて色変りしているようだ。常緑樹とはいえ、四季折々に色の変化はあるに違いない。この夏はことのほか暑かった。そのせいか、人工的すぎるせいか、無機的で鉱物的な印象であった。きれいな北山杉を想像していただけに、意外な実景に戸惑いを感じた。

さて、そうこうしているうちに、バスは栂の尾高山寺に到着する。足の弱い数人を残して歩きだす。石水院をふりだしに老杉や巨松の覆い茂る参道をたどり、高山寺、西明寺、神護寺、地蔵院とお参りを済ます。「かわらけ投げ」の音に耳を澄まし、三々五々、昼食場所である「もみぢ家館」

念仏寺へ向かう。

に集まる。暑さと、石段の多い山坂に、全員の顔には疲労がにじみでていた。

ひと息ついて、昼食もそこそこに句会に入る。句会のあと、のど自慢などで寛ぎ、つぎなる化野

最後の目的地、念仏寺の夥しい石仏達の頭上にも、北山と同じ青空が広がっていた。幾日かすると地蔵盆会の千灯供養がある。これが終ると秋も深まるはずである。

ところで、旅吟のさいでも、その土地を何度も訪れると、どうしても新鮮さを失う。このたびは、せっかく初めての風物に接しながら、ひとさまの描いた風景への先入観にとらわれて、鮮度を失った上に、思いいれの反動で失望も大きかった。つまり「はからいを捨てて、目の前のものに託して詠いとめる。松のことは松に習え、杉のことは杉に習え。」その心を忘れていた。

やがてバスは、午後五時ごろ京都駅へ到着する。駅前のホテルでお茶を飲んで解散となる。まっすぐ帰る人、旅を続ける人もいる。西山から北山へかけての稜線の空には、明るさが残っていた。

枯木

古城（ドイツ）

旗

ラ・マンチャの風車

日照り雨

観音菩薩像

円空仏不動明王坐像

「鹿火屋」の時代——俳句Ⅰ

谷若葉ほどよき杖を拾ひけり

梅雨深き渚まで靴ずぶずぶと

初冬や筆の乾きのおのづから

木曽谷の暮れひそひそと干大根

旅立ちの路地を小走り春ショール

ゆく雲に雨をうながす濃紫陽花

殺生の石にたばしる荒時雨

おやしろの中は空つぽ銀杏散る

母の忌の空へ手向けて花辛夷

連翹の空のにぎはひパスポート

一八や頭巾はらりと尼僧の頭

ワンタッチ日傘開きぬ山の駅

石船にひしめく石や夏闌くる

石に石の宙吊り雲の峰

大和路

石舞台露けき奈落ありにけり

石鼎先生ゆかりの地

深吉野の露や手を置く丸木橋

月山の石に身を寄す秋の暮

一つ火の闇を光らす潦

襖絵に影さざめける石鼎忌

リュウマチの指の体操梅雨籠

濃墨を垂らし込み秋立ちにけり

灯下親し肩触れ合うて知らぬ人

高波の光のせくる石鼎忌

宿り木をあまた遊ばせ眠る山

水鳥の空のかぎりを撒く餌かな

山の端に夕日もつるる余寒かな

包丁に魚の歯あたる余寒かな

暗きより暗きをつなぐ花篝

大渦へ巻き込む小渦春かもめ

鳥帰る払ひ戻せし旅切符

母遠くみづうみ色の濃紫陽花

手花火のごとし夕べの額の花

子燕の糞掃く日々や小商ひ

「貂」の時代——俳句Ⅱ

コップの水飲み干して立つ枯野道

月冴ゆる路地に正調津軽節

舟渡す綱のびきつて山眠る

舟を待つ人等後手小六月

楮晒す阿武隈川の石積んで

春曙腕立て伏せの骨が鳴る

新筆の糊嚙みくだく紅薔薇

青蓮の雨滴溜めてはこぼしけり

泊船のうしろ海峡穂絮とぶ

草の露踏みて函館坂の町

一人づつ渡る吊り橋風花す

冬帽を脱いで湯治の客となる

リスボン

ぐわんと鳴る復活祭の鐘一つ

いろいろの彩の卵を買ひにけり

受難日やでこぼこ石の石畳

教会をゆるがす嚔花粉症

陽炎や道いつぱいに電車くる

筆立てに筆を詰めこむ土用入

根元からたわみて風の萩の花

はにかんでゐるや酸漿揉みながら

繭玉の揺れて水上バスの窓

弟来る急ぎ春泥踏みながら

早生れ遅生れかと雀の子

突堤の尖端ことに霧深く

地より湧くごとき人声霧時雨

栗飯のはりがみ日替りランチ店

長き夜ますます目を一字一字埋め

猫すつとよぎる月夜の石だたみ

楮煮る大釜干され冬を待つ

雪のくる前のしづけさ裸婦の像

露店みな一灯づつの寒さかな

影もまた水面にもつれ枯れはちす

停年や少しあみだに冬帽子

目と鼻の先に一面桃の花

あく抜きの水を替へては春惜しむ

影法師たたみて辞する月夜かな

棟上げの柱すつくと星月夜

曲り家は種火絶やさず冬に入る

日めくりを忘れてばかりシクラメン

初虹や海の底ゆく電話線

落椿ころがる崖の果ては海

水の揺れ日の揺れ風の金魚売り

舟しかと覆はれてをり祭前

落書きの上に落書き秋日ざし

初花の混み合ふところうすみどり

正座して女ばかりの泥鰌鍋

醬油倉映し水辺の草枯るる

川波の船底たたく冬隣

うそ寒や船底に置く旅の靴

冬くると犬にこまごま語りをり

台北の夏空深く屋根の反り

看板の漢字ひしめく街薄暑

支那服の切れこみ深く花月夜

上げ潮へ盆提灯のうすあかり

堤防の背丈を越ゆる盆の道

羽抜鶏はるかな海へ首伸ばす

羽抜鶏真つ赤な胸を反らしけり

太筆の墨ぼつてりと大暑かな

鳥渡るフレンチカンカン足高く

墨汁の殊につややか寒の入り

葉牡丹の渦もりあがる日差かな

昼顔や停泊予定案内板

ぽんぽんぽん船去つて父の日終りけり

ばらばらに夜風のわたる蓮青葉

銀河澄む七味売り屋の竹の匙

空の奥みせて消ゆるや大文字

人のゐる方へ人ゆく冬の園

おでん酒裏へ廻れば夜の海

吹きガラスふくらみきつて梅雨深し

閉園の門戸重たく椎の花

肩にふれ易くて風の萩の花

拝殿の四方吹き抜け銀杏散る

大寒の小舟するりと岸離れ

夕桜筆ふつくらと乾きたる

薄和紙の向ふ霞の空と街

雨一過雨の匂ひの胡瓜捥ぐ

紫陽花の映る硝子戸磨きけり

ごつくりと新茶飲みこむ大運河

裏表つかふメモ帖若葉照り

秋燈に顔を寄せゐて占ひ師

浮かぶもの浮かべて川面冬に入る

着ぶくれて夫も山河も遠ざかる

輪飾りの裏返つてをり操舵室

定期券見せて下船す息白く

児は胸でボール受けとめ花の昼

梅雨寒の茶碗二つに箸二膳

花すすき入江とろりと夕茜

嬰は大き耳もつてをり今日の月

枯蓮を折るやきらきら糸粘る

冬山へ誰ぞサンタルチアの唄

仲間から少女はぐれて冬桜

紫陽花やあぢさゐ色の墨を磨る

淡墨を垂らしこみゐる涼しさよ

風干しの筆の不揃ひ夏木立

毛糸帽小脇にはさみ礼拝す

岸壁に吹き上げられて石鹸玉

猫柳山なみ空にうかびたる

草刈りの踏ん張つてゐる急斜面

土間に臼置きあり登山靴をぬぐ

船洗ふ秋の潮を汲みあげて

墨絵雑感

赤い色

赤い色。暖色系だが実に不思議な色彩だ。

数年前、習作展にむけて狛犬（阿吽像）を描いたことがある。夏も終りのころ、墨画教室の写生会があった。場所は西伊豆。モデルになった狛犬は、山沿いの、とある神社にあった。一対のうちの阿像は風化がひどく下顎がなかった。表面に浮き出ている緑、青、茶色の混った苔が複雑な色合いをみせて木洩れ日に輝いていた。「この苔を描いてみたい。」苔の面白さにモチーフが決まった。

さて、下顎のないスケッチには弱った。そしてわが家の犬がモデルになった。迷惑そうにしている犬の口を何度もあけて、描いては眺め、失敗を重ねて、まがりなりにも描き上げた。ことに阿像の口は本物を見て描いたから迫力十分と、心ひそかに思った。

基調は、墨色だから全体的な印象は渋い色調になっている。大きさは約三十号、早速、教室へ持ちこんだ。

黒板に張りつけて眺めていた先生は、やにわに原色の真赤な色を阿像の口に塗りつけた。驚いたことに、石の狛犬は生ま生ましい獅子に変身した。原色の赤は血を連想させる。獅子の口は正に血の色であった。

苦心の苔も風化した石のおもしろさもみんな沈んで、真赤に裂けた獅子の口が、人々の視線をひきつけた。一所に塗った赤い色が、画面全体を攫ってしまったのだ。焦点の定まらなかった画は、真赤な口により、ぴたりと焦点が定まった。

墨画は一発勝負で、直しがきかない。失敗をしたら描き直しで、三十号の大きさのものでも、七、八十枚ぐらいは描き直す。家事の片手間にやる仕事だから数ヶ月はかかる。大袈裟なことをいうようだが、その間にモチーフは、自分の中で血となり肉となる。それが赤い色によって一瞬のうちに様変りしてしまったのだから強い衝撃をうけた。

先生の手腕もさることながら、赤い色のおよぼす力を身をもって体験した。

よく、思いあたることに墨一色の書、画などの色紙に朱色の落款が置かれるだけで、その小さな一点が紙面をぐっとひきしめて生彩を放つことがある。これなんかも赤い色の強さといえるだろう。

蕪村の作品に「花見又平自画賛」がある。

前書きに

みやこの花のちりかかるは
光信が胡粉の剝落したるさまなれ
又平に逢ふや御室の花ざかり　蕪村

絵は、片肌をぬいだ赤頭巾の酔客が、足もとに瓢箪をころがし、浮かれ歩いている。

蕪村の俳画のほとんどは淡彩で、色は添える程度にしか使われていないが、この作品は、赤頭巾の赤が思いのほか鮮明な色で描かれている。

リスボン裏通り

俳画というジャンルの中で、とくに色だけをとりあげて云々するのはどうかと思われるが、色彩のおよぼす効果も見逃すことができない。この作品の場合も、赤頭巾の赤が明るく働いて軽妙洒脱な味を強調してた。

つまり暗ければなお暗く、明るければより明るく、赤い色は背景の画、または隣り合う色に打てばひびくように照応する。赤は表情の豊かな動きのある色といえそうだ。

先日、画家・中川一政の随筆集「画にもかけない」を読んでいたら次のような文章があった。

「けさ新聞の俳句欄をみていたら

　ストーヴの真赤な焔精神科

と云う句が目についた。このストーヴの火は原色の赤である。而もこの原色の赤がきいている。画でこれ程鮮明な生かし方が出来たら練達の士というべきだろう。

俳人達は勉強していて、句をつくっているつもりで画かきよりも写生をしている。

　他所者は去りゆく焚火おとろへて

　差しのべし火にのけぞりて毛虫落つ

—略—

これらは文字で画をかいているのだ。こういう観察眼があれば画はかけると思う。—略—」

画家の眼の鋭さに感心した。俳句という文字で描いた画は、何枚も現実の画となってこの画家の眼には見えるのではなかろうか。

この画家の眼力には到底およばないが、同じような眼で句を見直してみた。しかも赤い色のおよぼす効果を意識したと思われる句が数多く見うけられた。

鮎の背に一抹の朱のありしごと　原　石鼎

ドラム缶真赤五月の岩壁に　新渡戸流木

喰べる苺よりも真赤に蛇苺　瀧　春一

舞初のまなじりの朱に灯りたる　田村稲青

風車赤し五重の塔赤し　川端茅舎

新涼に雲丹の丹を塗る朝御飯　川崎展宏

軒下に古釘ちれる赤とんぼ　星野恒彦

滲みでてくる鶏頭の中の闇　岩淵喜代子

赤い色のさわやかさ。暗さ。明るさ。強さ。変化に富んだこの色の奥行の深さをこれからも探ってみたい。

線描・デフォルメ

墨絵を始めて間もない頃のことだった。

教室でのある日、先生の添削を受けるため、みんなが石楠花を描いて持ってきた。順番がきて、仲間の一人が自分の作品を先生の前に広げた。

その絵は、蕾のところがピンク色と緑色の淡色で、描いてあるというよりは一つのかたまりとしてぼんやりと置かれていた。

本人は、「蕾をごにょごにょとした線で描きたいがどう表現してよいかわからない」と、こんなようなことを先生に説明していた。

ごにょごにょ。この擬音語によるイメージをどうやって線描に投影させるのか、興味を抱いた。

少しの間、考えていた先生は、穂先の細い筆を垂直に持ち、ごにょごにょの表現ぴったりの運筆で、味わいのある石楠花の蕾を描きあげた。実に魅力的な線描だった。

その表現のユニークさは文章ではとても説明できなくて残念だが、今、考えると線描によるデフォルメの面白さではなかったかと思う。

同じ頃、先生からのアドバイスに「中気になったつもりで線を描いてみよ」と、つまり震えたり曲ったりした線描のことだった。これがまた難しかった。

ごにょごにょの線だとか、中気になったつもりの線。浮世絵や日本画の洗練された線。鉄斎の豪快な線。志功の奔放。蕪村の枯淡。等々、数えきれないほどの線描があるのに……。ことに墨絵にとって線描は生命ともいえるのに、いつまでたっても、私には線描が苦手だった。

水墨画には、四君子といって梅、菊、竹、蘭を描く基礎練習法があり、これを習得することで線描や他の技法を覚えることができる。これにも努力した。ひまさえあれば線描の練習を重ねた。

ある日、先生の筆の穂が細く削ってあるのを見つけた。線描に、その筆を自由に使いこなしてい

お城への道

た。削った筆ならば線が容易に描けると思い、早速真似た。
新品の筆は糊で固めてあるから削り易い。硬軟の筆を買いこんでエンピツを削るように削りつづけた。筆には命毛というものがあって、これが磨り減ると筆が駄目になる。そんなことにはお構いなく高価な筆を何本も無駄にした。
竹の筆も削ってみたし葦ペンも使ってみた。そのために鋭利な刃物を買って指を切って痛い思いもした。いろんなことをやって数年過ぎたが相変らず線描が下手だった。
あるとき、ひそかに私淑している水彩画家の個展があった。デフォルメのきいたパリーの風景画が多かった。丁度人も途切れていたので、絵を見ながらの質問に心よく応じてくれた。そのときの画家の話は今でも印象に残っている。

「人間の物を見る眼は素晴らしい。人間の眼は見て感じることができるから……高いなあ、大きいなあ、と感動したらその通りに描けばいい。そこにおのずとデフォルメが生まれてくる。そこがカメラの眼と違うところだ。」

線描については訓練あるのみ。その画家ですら暇があればクロッキー教室に通っているという。そんなことがあってから線描は道具ではないと思い、写生や裸婦クロッキーへと方向を変えた。

それから数年たったある日。

「先生、このごろになってやっと中気になったつもりの線が描けるようになりました」と、私が言うと「ここ、一年ほど前からです」という先生の返事であった。画学生だったら三年で修得するところを、なんと十三年もかかったことになる。長い道のりだった。

昨年、機会があってスペインを訪れた。バルセローナではピカソ美術館を訪れ、ピカソの正確緻密に描かれた素描集には感動した。スペインの空は、どこへいっても青くて日差しが強い。ラ・マンチャの風車の並ぶ高台も同じだった。見渡すかぎりの乾いた台地、その起伏に沿って立つ白い小さな家々、ドン・キホーテーの像に触れ、小説のモデルになった旅籠屋で昼食をとった。

すると、ラ・マンチャの風車が巨人の顔のように見えてきた。屋根はとんがり帽子で、毀れた風車は羽根飾り、窓は目鼻のようだった。帰って早速絵筆を取った。

それこそ中気になったつもりで線を引いた。曲げたり震えたり、ごにょごにょやったり、滲ませたりかすれたり、のびのびと線を引くことができた。描きすすむうちにいつしか地面がせり上り、屋根が曲がり、建物が傾いてやがて風車が描き上った。計らずして筆の先から自然に生まれ出たデフォルメだった。単なる写実から一歩抜け出ることができたと私は思った。十三年も線描にこだわりつづけてやっと踏み出した一歩だった。

こうしてスペイン作品の数点が完成した。今年の二月、友人と共に銀座の鳩居堂で三人展を催し、この作品群を出品することができた。

さいわいにも、連日盛況で多くの人が見に来てくれた。ささやかな行数ながら写真入りで『主婦の墨彩画』として新聞も取りあげてくれた。（私共の墨絵は色を使うので墨彩画といっている。）

会期中のある日、見知らぬ老人が私の傍らにきた。昔、川端龍子門下生であったという。「素晴らしい。線がいい、見事だ」と褒めてくれた。思わず頭を下げた。あとにもさきにもこの一言ほど嬉しいものはなかった。

絵てがみ万華鏡

——墨彩画Ⅱ

迎春
元旦

良寛五合庵

岐阜
魔よけ
獅子

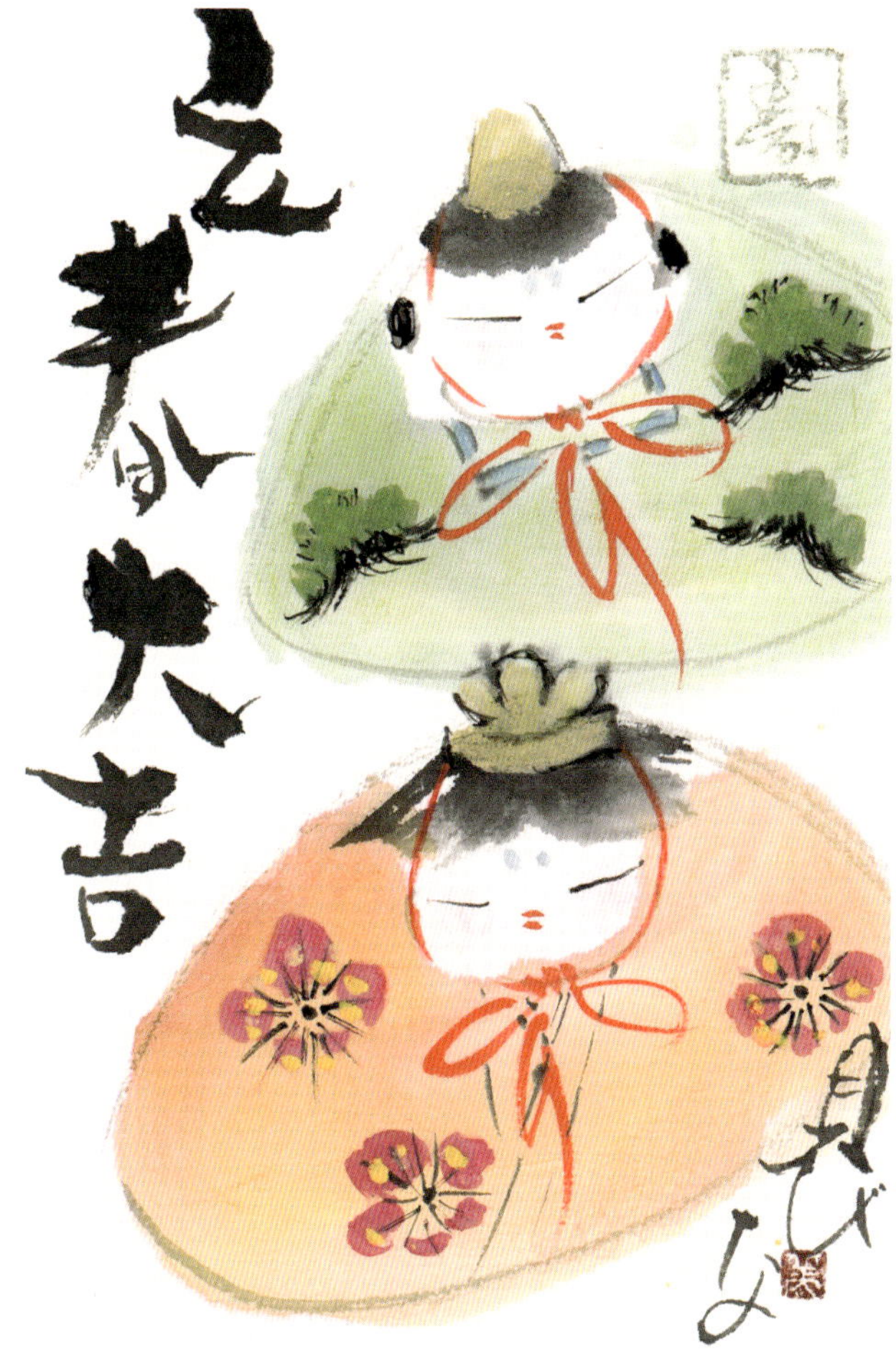
元春大吉
貝びな

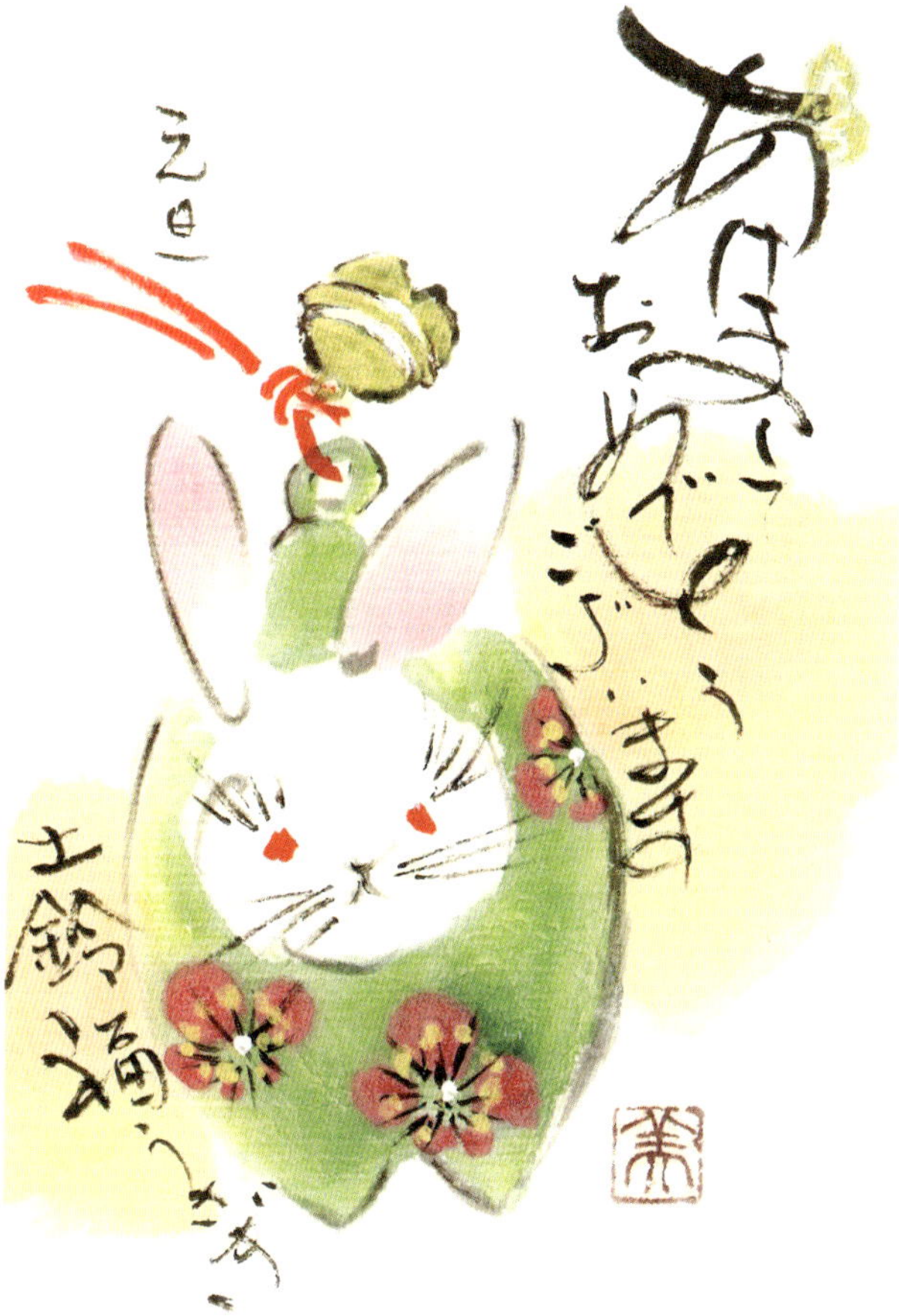
元旦
あけましておめでとうございます
土鈴
福うさぎ

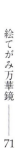

あくぬきの
水を替へては
春惜しむ
筍

パンジー

盛晨

ブルーベリー

秋海棠

かわせみ

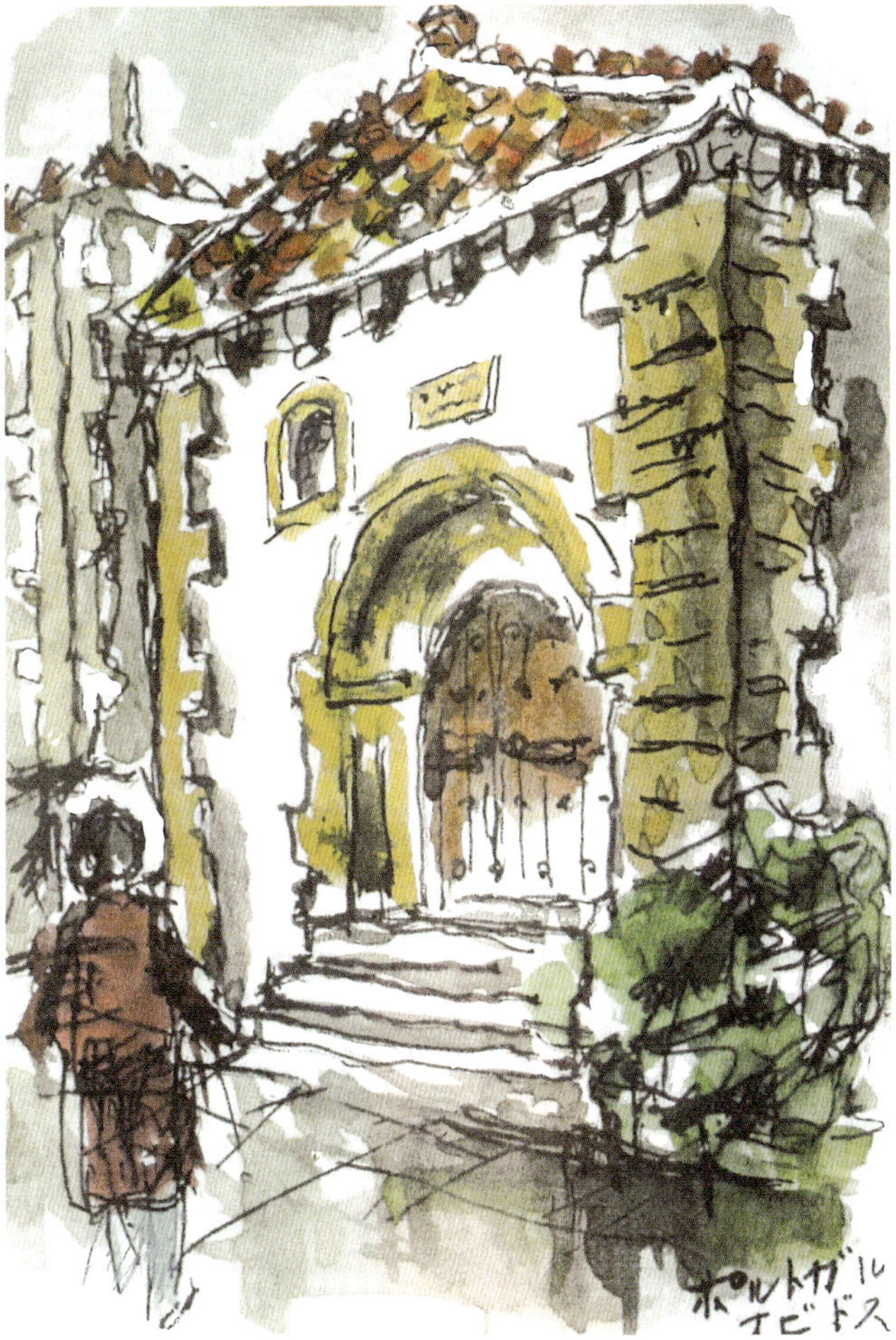
ポルトガル
オビドス

北海道
民芸人形

「ににん」の時代——俳句Ⅲ

綾取りの指の戸惑ふ春一番

冬帽を脱いで啼く鳥身近にす

石蹴りの輪の飛びとびに花祭

鯉幟丸めて胸に一抱へ

トンネルのやうな路地抜け初夏の海

反骨のときに頑迷青胡桃

四五本の筆の転がる稲光

五位鷺の磐石に置く足二本

冬ざるる古代遺跡に十進法

秋日傘たたみて夫の三回忌

追伸の文字は小さく夕時雨

喜寿祝ふことにことよせ寝酒かな

行く春の辞書へ栞を挟みけり

さくらんぼぷつんと噛んで人恋ふる

貧相となりぬ真昼の雪達磨

父親の手こそ宝や運動会

老いなんぞ開き直りて芋洗ふ

大寒の開ききつたる城の門

日脚伸ぶくるりと返す目玉焼き

雲雀笛園児揃ひの黄の帽子

すれ違ふ翁は薔薇の香を残し

父は亡し口笛透る夜の新樹

鉄柵の鉄の匂へる合歓の花

春光のあまねし円空菩薩像

千枚田その一枚にどんど積む

ふらここや空の亀裂に足の入る

うたた寝か春眠かとも母老いぬ

馬を打つ鞭置かれをり十三夜

二階からじゃんけんぽんよ夏祭

黒揚羽飛んで一人の昼深く

初暦医者に行く日を黒丸に

阿修羅像のまなざし遥か鳥雲に

蔵なんてあつてなきもの柚子は黄に

ががやがやと黄泉路の話盆の月

麦秋の風にふかれて駅に着く

ぐるぐるぐると手に犬の紐空つ風

一山を前に大根積み上げる

水飲めば水爽やかに喉の奥

聞き役の遠目のかなた小春富士

パピルスに書かれし絵文字冬銀河

砂浜の真正面の冬日かな

杖つけば杖の跡つく花万朶

万歩計万歩及ばず鳥雲に

チャイム鳴る動くともなし吊し雛

春惜しむ水平線へ石投げて

万緑の中や音なき音満ちて

木も草も石も影もつ初日かな

墨・硯・筆・紙四宝淑気満つ

石あれば石に座りて若葉風

草庵や日がな一日草むしり

筆を持つ姿勢正せば風薫る

日も時も暦も無しよ露の庵

なにもかもありがたしとて晦日蕎麦

新酒酌む田舎料理の出るは出るは

大股で歩く夢醒め秋灯

海風に押され小走り水仙花

擦れ違ふ春の日傘を傾けて

舗道灼く擦ると消ゆるボールペン

陽当つて淋しさ募る枯野石

べた描きの墨はまつ黒秋深く

線描に線を重ねて冬に入る

昼灯す薄暗がりの紙漉場

吉野和紙花の残り香ありさうな

菜の花や寄り添つてゆく親子牛

封筒を吹けば膨らむ春灯

連山や牛繋ぎ石陽炎へる

ぽつねんと座りて夏の大座敷

広場より風吹き上げる十二月

水湊や広場の空に忘れ雲

これはこれは入場無料懐手

春霞鉛筆立てる遠近法

春夕焼遠くに火の見櫓かな

相寄りて螢火二つ共に消ゆ

草ぐさの影を濃くする螢の火

折り合ひをつけて暮して合歓の花

墨彩画美術館——画友燦々

二〇一五年、墨彩グループ展開催、鳩居堂にて

城後和子「潮の香り」

森川圭子「竹林」

森川圭子「白もくれん」

砂川智加子「あざみ」

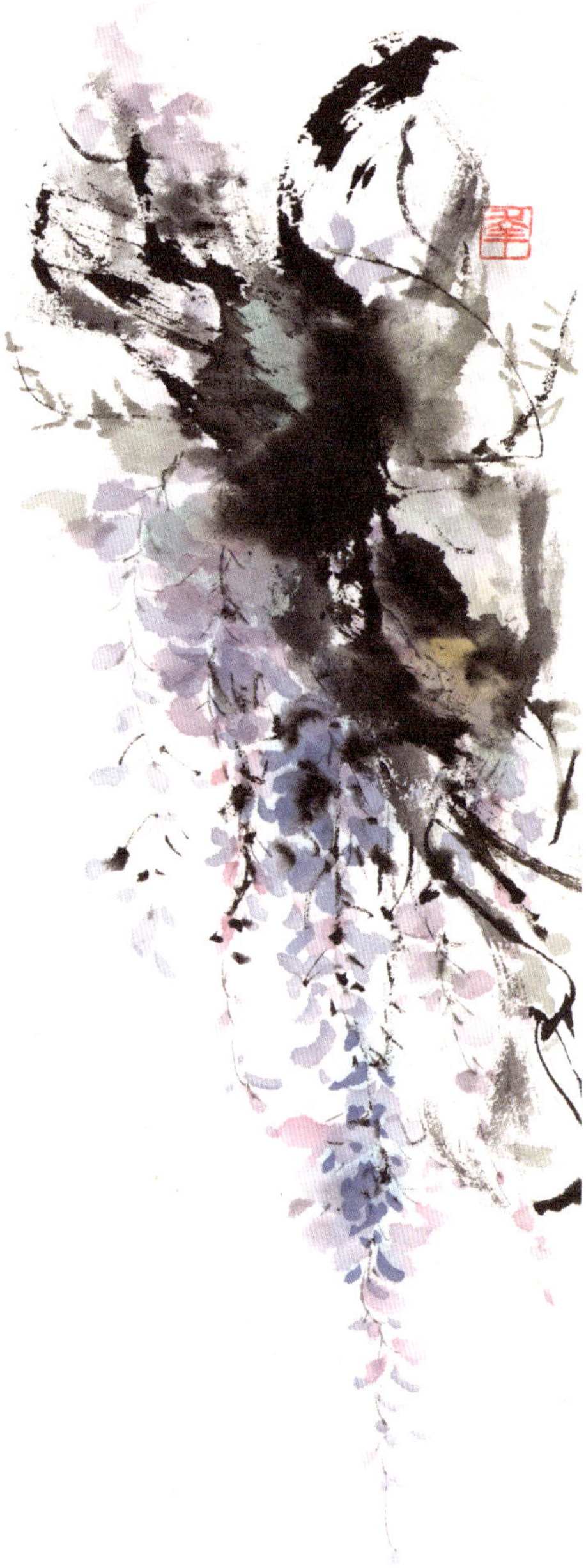

野本幸「藤の花」

関口公子「石榴」

関口公子「芙蓉」

金子幸「お堂」

鎌田さち「浜離宮船溜り」

鎌田さち「猊鼻渓」

石井富士子「扉」

石井富士子「野菜」

柴田晴紀子「ナイスタイム」

柴田晴紀子「轟」

あとがき

墨絵を始めて間もない頃、季節感を忘れないようにと師よりの一言があった。

友人からも俳句がよいと言われて「鹿火屋」の原裕主宰に師事、その後、縁あって川崎展宏氏の「貂」の会にも入会した。

俳句は、「鹿火屋」入会の初期から一緒だった岩淵喜代子氏の「ににん」創設とともに、その傘下に入って現在に至っている。

最近は車椅子の生活になったが、絵仲間の力を借りて鳩居堂で墨絵のグループ展を開催することが出来た。それを機に、画集に句集も合わせた一書を作ることを思い立った。

展覧会に協力してくれた仲間たちも作品を提供してくれることで、上梓の弾みをつけて貰った。

俳句の世界を共にしてきた「ににん」代表の岩淵喜代子氏には有形無形のご援助を戴いた。また、何度も足を運んで、丁寧な本造りを目指して頂いた東京四季出版社長西井洋子氏と北野太一氏、装丁をお引き受けくださいました髙林昭太氏には心よりお礼を申し上げたい。

平成二十七年七夕に

山内美代子

◉著者プロフィール

山内美代子《やまうち・みよこ》

墨彩画家（雅号・朴舟）
一九二九年・横浜生れ
一九七四年・現代墨彩会に入会して菊池健に師事
一九九五年・墨彩画同好会を運営し、個展、グループ展などを開催
一九七六年・結社「鹿火屋」入会
一九七九年・同人誌「貂」入会
二〇〇〇年・同人誌「ににん」に参加
二〇一五年・墨彩画同好会運営・俳誌「ににん」同人

◉現住所
〒二二七―〇〇四三
神奈川県横浜市青葉区藤が丘一―三七―一―六一一

藤が丘から　墨彩画と俳句と

発　行　平成二十七年十二月二十五日
著　者　山内美代子
発行者　西井洋子
発行所　株式会社東京四季出版
〒一八九—〇〇一三　東京都東村山市栄町二—二二—二八
電話　〇四二—三九九—二一八〇
shikibook@tokyoshiki.co.jp
http://www.tokyoshiki.co.jp
印刷所　株式会社シナノ
定価　本体三〇〇〇円＋税

ISBN978-4-8129-0884-6
Printed in Japan